El pulpo está crudo

Luis María Pescetti

Ilustraciones: O'Kif

ALFAGUARA

NFANTIL

1990, Luis María Pescetti
www.pescetti.com

De esta edición

1999, Aguilar, Altea, Taurus, Alfaguara S.A.
Av. Leandro N. Alem 720 (C1001AAP)
Ciudad Autónoma de Buenos Aires, Argentina

ISBN: 987-04-0071-X

Hecho el depósito que marca la ley 11.723
Impreso en la Argentina. Printed in Argentina

Primera edición: abril de 1999
Quinta reimpresión: julio de 2004
Segunda edición: febrero de 2005

Diseño de la colección: Manuel Estrada

Una editorial del grupo **Santillana** que edita en:
España • Argentina • Bolivia • Brasil • Colombia
Costa Rica • Chile • Ecuador • El Salvador • EE.UU.
Guatemala • Honduras • México • Panamá • Paraguay
Perú • Portugal • Puerto Rico • República Dominicana
Uruguay • Venezuela

Pescetti, Luis María
    El pulpo está crudo. - 2 º ed. - Buenos Aires : Aguilar, Altea,
Taurus, Alfaguara, 2005.
    72 p. ; 20x12 cm. – (Serie morada)

    ISBN 987-04-0071-X

    1. Narrativa Infantil Argentina. I. Título
    CDD A863.928 2

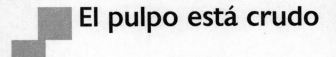

El pulpo está crudo

A Amelita Elía y Carlos Varela

—Cierto día iba Caperucita por el bosque de... che, ¿cómo se llamaba ese bosque?

—¿Cuál?, el de... ¿el bosque de Sherwood?

—No, ése era el de Robin Hood.

—¿Robin Hood no era el compañero de Batman?

—No, el compañero de Batman era Mandrake.

—¡Si Mandrake era un mago!

—¿Y qué tiene? Además era el ayudante de Batman.

—... ¿seguro?

—Claro, ¿para qué te contaría mentiras, eh? ¿Querés que siga?

—Y, sí...

—El bosque quedaba en Transilvania...

—Che, no jodas, ¿Transilvania no era donde vivía el Conde Drácula?

—Vos tenés todo mezclado. No prestás atención a lo que te cuento y se te mezcla todo. Transilvania queda en Estados Unidos... si me vas a cuestionar todo mejor me callo.

—Sí, mejor.

—... ahora no me callo nada.

—Te callás porque no querés contarme el cuento, porque no lo sabés.

—Claro que lo sé; ahí te va, cierta noche, Caperucita estaba cerrando su famoso restaurante...

—¿¡Su famoso restaurante!?

—Sí, cuando de repente recibió una llamada telefónica...

—... era uno que le avisaba que vos le estabas haciendo bolsa su cuento.

—No, era su mamá, que le pedía que pasara de la abuelita a dejarle algo de comer. Le dijo así: "Blancanieves..."

—¿¡"Blancanieves" le dijo!?

—Sí, "Caperucita" se llama el cuento, pero a ella le encantaba que le dijeran "Blancanieves". Entonces el tío le dijo así...

—Che, ¿no era la mamá la que estaba en el teléfono?

—¡Nunca dije que fuera la madre... por favor, prestá atención! Dejáme seguir, le dijo así: "Blancanieves, cuando cierres tu famoso restaurante llevále algo a tu abuelita que recién me habló y dice que está con un hambre terrible".

—¿Y por qué la abuelita no la llamó directamente al restaurante?

—Porque se le olvidaba el número.

—¿Y por qué no lo tenía anotado en un papelito al lado del teléfono?

—Porque el lápiz se lo había prestado a un humilde cazador.

—¿El que aparece al final del cuento?

—Exactamente, que fue el que atendió el teléfono.

—... che, ¿no lo había atendido la misma Caperucita?

—¿Quién? ¿Blancanieves?

—Sí.

—No creo, ella no tenía teléfono.

—¡¿Y dónde recibió la llamada si no tenía teléfono!?

—Ahí está la gracia, escuchá, entonces el humilde cazador le dijo a la mamá...

—¿Por qué era "humilde cazador"?

—Porque si hubiera sido rico tendría empresas
pero no sería cazador. Ahora calláte y dejáme contar-
te el cuento.

—... ¿no tenés otro? no entiendo nada.

—Porque no prestás atención. Entonces el humilde cazador le dijo: "Mire, señora, su hija se fue a
un baile a que le probaran un zapatito".

—¿Ése no es el de Cenicienta?

—No, en el que hay un baile es en el de Pinocho.

—En el de Pinocho nunca hubo un baile, porque él no era como los demás niños.

—El que no era como los demás niños era
Frankenstein.

—¡Pero si él era un monstruo!

—Por eso no era como los demás niños, ¿querés que siga o cambio?

—... y no, seguí...

—Entonces la abuelita le dijo...

—¿Qué abuelita? ¿No estaba hablando con la
mamá?

—¿Ves? No atendés. ¿No te dije que la mamá
era sorda?

—¿Sorda?

—Y claro, le habían hecho una operación, pero no quedó bien.

—¿En el cuento dice eso?

—Por supuesto, yo nunca te mentiría. Sigo. Entonces le dijo: "No importa, yo igual la llamo después, no se olvide de darle mi mensaje". Pero ni bien colgó, el cazador ya se había olvidado y ese mismo día la abuelita hubiera muerto de hambre... si no fuera porque pasó un lobo y se la comió. Y colorín colorado, este cuento se ha acabado. ¿Te gustó?

—... al medio no lo entendí, pero estuvo bueno.

—¿Qué parte?

—La de los ladrones que entran a la pizzería.

—Porque no prestás atención. Mañana te cuento otro.

EL PIEDRAZO

Resulta que yo había comprado una rifa de la cooperadora de la escuela que queda a media cuadra, y había sacado el primer premio que eran cuatro autos, dos casas, tres motos y un cuchillito.

Bueno, con uno de los autos había pasado a buscar a la que ahora es mi novia, para llevarla a pasear. A ella se le había ocurrido traer el termo y el mate, así que nos fuimos a tomar unos mates a la playa. Ella me gustaba mucho, pero mucho en serio, y quería impresionarla con algo. No se me ocurría con qué. Entonces vi que había unas piedritas, le devolví el mate y le dije: "Mirá, vas a ver qué lejos llego". "¡Ay, dale, me encanta!", dijo ella mientras cambiaba la yerba. Yo no quería que el piedrazo se quedara por ahí cerca nomás, así que tomé carrera y la tiré con todo. Nos quedamos mirando para ver el chapuzón de la piedra en el agua, pero nada. Por más que miramos, no la vimos caer. Tiré de nuevo. Pero, otra vez, no vimos dónde caía. Bueno, nos pareció raro; pero no le hicimos caso. Seguimos charlando de nuestras cosas, ahí medio fue que me declaré. Terminamos de tomar mate y nos fuimos.

Al otro año, de nuevo se me ocurre invitarla a pasear a esa playa para festejar que hacía un año que estábamos de novios. Llevamos mate, todo igual que la otra vez. En eso estábamos de lo más tranquilos, cuando ¡páfate! a ella le pegan un piedrazo en la cabeza. Me levanté hecho una fiera, para ver quién había sido el bruto. Pero no había nadie. La playa es amplia y se ve lejos. ¿Entonces quién había sido? Y ahí me di cuenta, ¡era la piedra que yo mismo había tirado el año pasado! Había dado la vuelta al mundo y le pegó en la nuca a mi novia. Le expliqué y ella gritó: "¡Entonces agacháte que debe estar por llegar la otra!". Tal cual,

menos mal que nos agachamos porque al ratito nomás, ahí delante de donde estábamos, pegó el otro
piedrazo.

Después seguimos tomando mate lo más tranquilos porque había tirado dos nomás, que si no nos
teníamos que ir.

El Capitán Malatranca (ya sé que es un nombre medio estúpido, pero no es culpa mía). Empiezo de nuevo. El capitán Malatranca era mi archisuperenemigo y siempre me atacaba con lo que podía.

Últimamente, al muy maldito le había dado por llamarme por teléfono para desafiarme.

Le escribí una carta a su Jefe pidiéndole que se dejara de embromar porque algún día me iba a enojar y le iba a romper todo. Nunca me hicieron caso.

Un día fui hasta su oficina y toqué timbre. Me atendió el Capitán Malatranca en persona (si lo conocieran, el nombre no les parecería medio estúpido, sino que le va justo). Como no sabía por dónde empezar la conversación, lo primero que hice fue pegarle una piña que lo sentó. Él me atacó con su superarma; yo, por suerte, había llevado la mía. Esquivé sus disparos y me tiré atrás de un escritorio (ustedes habrán visto en las películas que conviene hacer eso). Mi arma se había trabado y no funcionaba. Como no tenía tiempo de revisarla (tiene un mecanismo supercomplejo y sofisticado), agarré y la empecé a golpear desesperadamente contra el piso, y se arregló. Con el primer disparo tumbé toda una pared y se prendió fuego un perchero (hubiera sido más espectacular que se tumbe el perchero y se incendie la pared, pero no fue lo que ocurrió). El Capitán Malatranca cambió de táctica. Dejó su arma y se convirtió en perro (¡el típico recurso de convertirse en perro!). Tomé una de mis superpastillas y también me transformé en perro. Entonces él se transformó en un pájaro que me atacaba (¡el típico recurso de cambiar de animal!). Yo me transformé en un escudo y él en un martillo que me abollaba. Entonces decidí convertirme en un pájaro y escapar por un momento; pero él se transformó en un halcón que me iba a comer. No sé si esta parte la van a creer, pero fue así: cuando estaba por darme el picotazo, no sé por qué al muy estúpido se le ocurrió transformarse en una hoja de papel (ahora que ya pasó todo me doy cuenta de que es el típico error que cometen los malos en algún momento antes de llegar al fin de la historia). Yo no lo podía creer. Vino un viento y lo tiró adentro del tacho de la basura. Lo puse en la calle y se lo llevó un basurero. Así nomás.

Su Jefe, que había visto la pelea, me ofreció trabajar para ellos (ustedes pensarán lo mismo que yo, ¡la típica oferta de trabajar para ellos!), pero le dije que se dejara de embromar, ni loco me quiero mezclar con esa clase de gente. Me fui dando el típico portazo que hace romper los vidrios de la puerta. Cuando salí del edificio estaba lleno de periodistas (yo no sé cómo hacen para enterarse de cada paso que doy, los muy malditos). Empezaron a hacerme mil preguntas, todos a la vez; yo simplemente les sonreía y seguía caminando con calma. Le di una palmada en la cara a uno y lo saludé: "Hola, Sam" (después me enteré de que no era Sam, se llamaba Daniel y tampoco era periodista sino el que vendía sándwiches; de todos modos, al otro día salió la foto en todos los diarios, "... aquí está saludando a Sam" y el tipo con cara de contento aunque no es Sam). Llegué hasta la calle, me subí a un taxi, saludé a todos con una sonrisa (no es exactamente una sonrisa, es algo que ensayé mucho frente al espejo, con mitad de la boca, es una media sonrisa, como para que no digan: "Ese estúpido se la pasa sonriendo"; la gente odia que uno aparezca en los diarios siempre con una sonrisa). Salimos a toda velocidad, haciendo chirriar las gomas (el típico recurso de la salida en taxi a toda velocidad).

Encima del taxi, antes no la había visto, ustedes se lo imaginan, había una de esas rubias despampanantes, que cuando me vio dijo: "¡Oh! Usted es el famoso..." (sí, ya sé, la típica rubia que dice, "¡Oh! Usted es el famoso..."). Los fotógrafos enloquecieron cuando bajamos del taxi y ella me tomaba del brazo.

Pongan donde más les guste la palabra FIN, el asunto es que así me salvé de mi archisuperenemigo en aquella peligrosa ocasión.

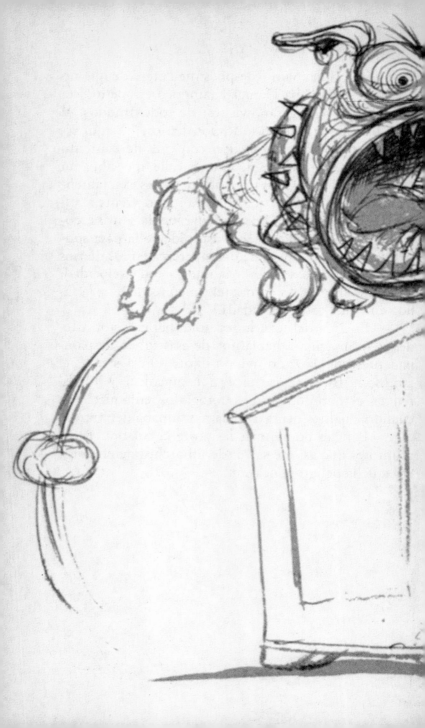

El muchacho, el pirata y la vaca

¿Qué es lo que falta
que la aventura falta?

José Martí

Tengo una panadería, una de las cinco que hay en San Jorge. Estoy todo el día en el mostrador, inclusive los domingos. Hará un año pasó una vaca con delantal por la vereda de enfrente, iba callada, tranquila. Después escuché que una señora le contaba a otra que en la escuela habían nombrado a una vaca como directora. Desde entonces la vi pasar todas las mañanas. No sé por qué, pero me gustaba verla pasar, o me llamaba la atención. Me intrigaba saber cómo era, pero sólo alguna vez entró a comprar algo para acompañar su desayuno en el colegio. Muy tímida en su manera de saludar y hacer el pedido, como cuando uno quiere pasar inadvertido; supongo que le daba vergüenza ser vaca. Yo me esforzaba en ser muy amable con ella, para que se sintiera bien, y me ponía muy incómodo cuando algún cliente la miraba como a un bicho raro. Todo lo que supe de ella fue por los comentarios de la gente, así al pasar. Trataba de preguntar lo menos posible porque no quería que empezaran a decir que andaba haciendo averiguaciones sobre ella, los pueblos son difíciles en ese sentido.

Héctor, un muchacho que vivía a la vuelta de

casa, atendía el kiosco de la escuela y como ahí venden facturas que hago yo, cuando venía a buscarlas siempre comentábamos cosas de la escuela. Sin darme cuenta me empezó a gustar que me contara de ella, parece que era muy buena directora, no andaba a los gritos, le gustaba acercarse a conversar con los chicos. Me contó que al principio a las maestras les reventó tener una vaca como directora, pero ella hizo como que no se daba cuenta, no le dio importancia y poco a poco se las fue ganando, después ya la respetaban mucho. Es que tenía un modo muy especial de tratar a la gente, por ejemplo, yo me acuerdo una vez que me equivoqué al sumar y le estaba cobrando de más, le pedí disculpas por el error y me dijo: "No, por favor, usted está todo el día acá, alguna vez se le tienen que mezclar los números". Me lo dijo de una manera que yo sentí que era tan natural que uno a veces se equivoque.

Un día Héctor vino muy contento; a la escuela había llegado un tipo macanudo, que había sido pirata. A mí no me gustó eso, no sé por qué, pero de entrada le desconfié. Al otro día lo mismo, que el pirata se había anotado para aprender a leer y escribir, pero que no hacía nada porque era un vago fenomenal, que se la pasaba todo el día charlando con todo el mundo en vez de estudiar. Me lo contaba como una gracia, pero yo lo escuchaba serio. Todos los días se caía con una anécdota nueva, el pirata había viajado por todo el mundo, conocía no sé cuántos países, había tenido aventuras impresionantes.

—¡Sí, pero no estudia un comino! (dije una vez).

—No seas amargado, Luis, ¿sabés cómo lo quieren los chicos? En los recreos se arman unas rondas enormes y él se pone a contar historias. ¡Es genial, no me digas que no! ¡Hasta la directora está chocha con él!

Eso era lo peor que me podía haber contado; me acuerdo que unos días después el pirata vino a comprar pan y lo atendí de muy mala manera. Lo que estaba sucediendo me gustaba cada vez menos; el pirata era muy querido por todos, en los recreos conseguía una guitarra y se ponía a cantar con los chicos, sabía trucos de magia que nadie podía descubrir, pasaba horas charlando en el escritorio de la vaca. A Héctor le parecía un tipo genial; un día me confesó:

—Sabés, tengo ganas de irme a viajar con él.

—Estás loco (le dije). ¡Mirá si vas a dejar tu casa y tu trabajo!

—... (levantó los hombros, como si nada de eso importara).

Ya era comentario entre la gente que venía a comprar el pan: "La vaca se la pasa todo el día hablando con el pirata ése". Una madrugada encontré una nota debajo de la puerta:

Luis, me voy con el pirata. No me aguanto seguir trabajando en este pueblo. Dejé una carta en casa, convencélos a los viejos de que no se preocupen, yo voy a estar bien y les voy a mandar noticias. Un abrazo fuerte. Chau, Luis. Héctor.

La leí como seis veces, no lo podía creer. Abrí la panadería, y cuando estaba levantando la cortina me vino un presentimiento, el de que la vaca se había ido con ellos. Así era; esa mañana no pasó y al mediodía en todo el pueblo ya se comentaba "ese escándalo vergonzoso para una directora, por más vaca que fuera". Una señora dijo:

—Abandonó el cargo, tendría que ir presa.

Yo sentía que tanta indignación no se debía al abandono del cargo, por más que se hablara de eso; a la gente le molestaba otra cosa (yo digo "a la gente", quizás a mí también). Ellos se habían ido a vivir su aventura, y nosotros seguíamos aquí.

A la semana recibí una carta de Héctor en la que me contaba que cuando la vaca vio que se iban se puso a llorar y les pidió irse con ellos, le dijo al pirata que estaba enamorada de él, que no iba a aguantar si se iba. Tomaron el ómnibus de las dos de la mañana hacia Rosario; pero la carta ya tenía el sello del correo de Córdoba. Así fue pasando el tiempo, yo les mostraba a los padres de Héctor las cartas que me llegaban y ellos hacían lo mismo. Cada tanto cenaba con ellos y pasábamos todo el tiempo comentando las noticias que nos llegaban.

Por lo demás, yo seguía en mi eterno mostrador, como a la orilla de un río de barro. El pueblo me parecía vacío. Un día vino el papá a mostrarme un diario con una nota escrita por Héctor y la vaca, se ve que se ganaban unos pesos escribiendo artículos en los que contaban sus viajes. De ahí en más un poco por las cartas, que cada vez llegaban más espaciadas, otro poco por las notas en los diarios, iba enterándome de sus cosas. Pero poco a poco se me fueron yendo las ganas de leer sus artículos, a veces hasta dejaba las cartas sin abrir, no quería enterarme de nada; así pasaron más de cinco meses.

Hace quince días, más o menos, vino la mamá a avisarme que Héctor había vuelto. Lo primero que se me cruzó fue que la vaca también había regresado, me sorprendió pensar eso. Inmediatamente cerré la panadería y fui a saludarlo; estuvimos hasta las tres de la mañana tomando mate y conversando. Hacía más de tres meses el pirata se había enamorado de una mujer y se había ido con ella. Eso a la vaca la tuvo muy mal bastante tiempo, pero consiguió abrir una escuela en un pueblo chico, Trevelin, a veinte kilómetros de Esquel, y así se ayudó a salir adelante.

La semana pasada le escribí. Ni bien me conteste cierro la panadería y me voy; Héctor me dijo que se iba a poner muy contenta. Tengo muchas ganas de hacer ese viaje. Me da miedo salir de este pequeño lugar que conozco tan bien, pero ya no quiero ser de los que se quedan imaginando el mundo, quiero verlo.

—Mire, Don Carlos, lo que son las cosas, si parece que fue ayer que tomé setenta pavas de mate...

—No puede ser cierto...

—¡¿Qué cosa?!

—Lo de las pavas, Don Santiago, es bolazo.

—¡Qué va a ser bolazo! Como veinte pavos me comí, de un solo saque... y no sólo pavos, chanchos también.

—¡Qué chancho ni chancho! Usté dijo pavas, pavas de mate.

—No puede ser... no puede ser, si yo mate no tomo porque me cai mal.

—¡Ah! ¿Le cae mal el mate, pero pavos y chanchos puede comer?

—Ni probarlos puedo... tengo l'estómago muy delicau, lo que sí me gusta es tomar mate, eso sí, ¿ve?

—¡Pero... qué dice! ¡Si recién me dijo que le caía mal!

—¿¡Quién me cae mal!? Si soy amigo de todos acá en el pueblo.

—La comida, me refiero...

—¡Ah, eso sí! Chancho es lo único que puedo probar, chancho frito nomás.

—Pero no, ¡si chancho es lo más pesado que hay pa' comer!

—Nooo, usté se confunde, el mate es más pesao qu' el chancho.

—Pero, ¿¡qué dice hombre!? El mate no le cae mal a nadie.

—¡Ah! No le va a caer, no le va a caer... ¿Y las tortas fritas, ah?

—... pero... estamos hablando del mate, no de las tortas fritas.

—¡Ve! Ahí es donde usté se equivoca; estábamo hablando de comer chancho y usté me salió con el mate.

—Yo no salí con el mate. ¡Usté salió!

—¿Con quién?

—Con el mate...

—¡Ah! Si será zonzo ¡Cómo voy a salir con un mate! Con mi mujer puede ser, pa' Navidá... estábamo hablando de comer chancho y me dice de ir a pasiar con un mate...

—No, de lo que estábamo hablando era de que el chancho es más pesado, para el estómago, que el mate.

—Y seguro... quién le va a decir lo contrario.

—¡Usté! ¡Usté! Antes decía que el mate es más pesado que el chancho.

—No, mire... eso no se lo puedo haber dicho porque yo chancho nunca probé.

PARICHEMPRE

Debe ser leído en voz alta

—Mena tarde, ¿como tá la gente?

—¡Men, men! Pache pofavól...

—¡Grachia! Hoy hache un fío que che chiente ata en lo huechoch, ¿eh?

—Chí, ni lo nombre. Cho toy acá ¡melto de fío!

—¡Hay un vento fete, fete, fete!

—Chí, chi no hubieche vento, el fío no che chiente cachi, pero achí... ¡Uyi uyi yui!

—Cho me cueldo cuando ela chico quiún día hichun fío tan fete que toda la cache era de chelo.

—Y chí, cómo no.

—¡Pero de chelo, chelo!, ¿eh? La gente caminaba y che rechbalaba, lo cochech no malchaban poque la ruedach che rechbalaban.

—¡Oh, qué féio!

—Chí... era tan fete el fío que todo noch quedamo chin chalir de la cacha. Y achomábamoch la caritach por la ventanach, achí... y taban tooodoch loch vechino tamién mirando.

—¡Aaaah, pobrechitoch!

—Tooodoch achí, con la carita tiiiste tiiste

tiste del fío. Y movíamo la manito achí, *Hola chenol, hola vechina...* y había chilenchio en tooodo el pueblo.

—Cherto, cuando hache fío hay un chileeenchio...

—Niún cholo uidito. Nadie pachaba por la cache...

—¡Brrrr! Coneche fío, ¿quén va pachar?

—Tonche, cuando taba viendo atí, achomando mi carita...

—¿Cuánto año tenía uchté?

—Unoch... chéi o chiete, machomeno... taba mirando por la mentana y veo pachar un perito que apena che movía por el vento feeete, fete. El vento lompujaba.

—¡Uyi uyi yui, qué féio!

—¡Chi che quedaba achí che iba moril cheguidita!

—¿¡Tonche!?

—Tonche abrí la peta y chalí corriendo 'nmedio del fío y del vento fete y de la chuvia.

—¡¡¿Chovía tamén?!!

—¡Chí!

—Y mi mamá y mi papá menchalió coriendo buscar y cho coría má fete para chalvar perito y mi papá melcanchó y menchebaba dentro y cho choraba choraba, polque nongarrabal perito, pero papá menretaba por chalir y cho pataleaba pero papá mengarraba fete.

—¿¿¿¿¡¡¡¡Tonche!!!!????

—Tonche veo que chale milmano corendo fete y me grita: *¡Cho lo chalvo, Dego, cho lo chalvo!* Y longarró y lonchevó dentro.

—¡Y lo chalvó!

—¡Chatamente!

—¡Uyi, meno mal! Qué chuerte.

—Y papá y mamá menretaron y lonretaron a milmano, pero nochotro tábamo brigandolperito y che chalvó y che quedó con nochotro parichempre.

—Qué meno, qué chuerte.

—Chí... qué vacherle.

—Achí chon lo chico, ¿no quere un cafechito calente?

—Meno, mevacher mien a la pancha... grachia... mmm... qué rico tá.

—Mnn, je, je, ta mejol achí, ¿no?

—Chí, ota cocha.

—Va vel que che le pacha el fío cheguidita cheguidita...

—¡Ah! Cha me chiento mejol, veldá.

Llega un perro callejero trayendo a un señor de la correa. El perro se coloca en la fila y, al lado, su señor se sienta y espera. Poco después llega una señorita hermosa atada a una correa roja, que lleva agarrada entre los dientes una perra muy elegante. La perra se pone en la fila. El señor intenta llamar la atención de la señorita. Comienza a cantar una canción de amor, pero todos los perros del correo le ladran para que se calle. La señorita hace como que no lo ve, saca un libro y comienza a leer. El señor se acerca, le muestra unos boletos y la invita a la ópera. Ella sonríe sorprendida; pero entonces su perra le tira de la correa y le hace caer el libro. El señor se agacha para recogerlo, pero su perro también lo tira de la correa y ya no lo alcanza. La señorita empieza a llorar pues quiere su libro. Los otros perros de la fila le ladran a su perra para que la haga callar y ésta, avergonzada por la situación, le muerde un tobillo a la señorita, para que se quede quieta.

Entra un bulldog trayendo de la correa a un fisicoculturista. Cuando se forman en la fila, el fisicoculturista ve el libro en el suelo, se agacha y lo toma.

Al ver que le quitan su libro, la señorita comienza a llorar más aún. El señor sale a defenderla, le da un empujón al fisicoculturista y le quita el libro. El fisicoculturista reacciona dándole un golpe en la nariz, la señorita comienza a gritar para que alguien defienda a su salvador. La situación es tan caótica que interviene el Jefe de la oficina de correo, un pastor alemán acompañado por un burócrata. Todo el mundo está ladrando, quejándose por la pelea del fisicoculturista con el señor. El bulldog y el perro callejero no los consiguen separar. El pastor alemán le ladra al bulldog ordenándole que contenga a su fisicoculturista. Por fin los separan y, aunque el señor está bastante golpeado, es el que tiene el libro. El pastor alemán regresa a su oficina llevándose su burócrata. El señor le entrega el libro a la señorita y le dice: "¿Quizá quiera ir a tomar un café conmigo?" La perra elegante, que ya llegó a la ventanilla, advierte que el señor le está hablando a su señorita y tira de la correa. De todas maneras ella, que está que se derrite por su héroe, contesta: "Va a ser un placer, a mí me sacan a pasear todas las tardes en la plaza de acá a la vuelta". La perra elegante ya terminó de despachar y se lleva a la señorita. "Perfecto, ahí estaré", le dice él, feliz.

Había una vez un niño que gustaba de comer flores.

No había jardín al que no se hubiera metido a pegar un par de mordiscones.

Su madre le decía: "Si seguís así, cuando seas grande vas a ser un tiburón".

Ahí se asustaba y se aguantaba un poco, pero después le volvían las ganas y se comía un ramo.

Cuando llegó a grande se transformó en tiburón.

Cierta vez lo pescó un marinero que cuando le abrió la panza encontró un montón de flores.

El pobre no entendía qué era eso y, asustado, se puso a sacarlas.

Cuando terminó, el tiburón volvió a ser el niño de antes y el marinero temblaba como un perro.

El niño, agradecido, le enseñó a comer flores. Y el marinero le enseñó a prepararse una sopa de pescado para que no se convirtiera en tiburón.

Fueron dos amigos muy felices y se sonaron las narices.

Había un señor que vivía metido en una bolsa
que estaba dentro de una caja
que habían puesto debajo de una mesa.
Eso estaba en una habitación
que tenía la puerta cerrada con llaves
y candados.
Era la habitación más escondida de una casa grande,
estaba en el patio y jamás se hubiera esperado encontrar
un cuarto ahí
porque habían dejado crecer muchas plantas encima.
El jardín estaba rodeado por muros tan altos
que nadie pensaba en saltarlos sino, tan sólo,
en lo altos que eran.
De manera que la única forma de llegar al jardín
era entrar por la casa.
Cuando uno cruzaba esa puerta, encontraba
tantos pasillos y habitaciones
que cualquiera se hubiera perdido un buen rato
antes de llegar al jardín.
Metido en esa bolsa
que estaba dentro de la caja
había un señor muerto de miedo.

Era un señor que había viajado mucho
por todo el mundo,
tan ancho y largo como es,
viviendo grandes aventuras,
y en todas había sido valiente.
Sin embargo un día regresó, quién sabe de dónde,
y pidió una bolsa
y una caja, cerraduras, candados y ordenó
que construyeran la habitación del patio
y que dejaran crecer plantas sobre ella.
Pidió que una señora le llevara comida
para no tener que salir nunca.
Y allí se escondió para siempre...
o para casi siempre.

Aun cuando soy el que escribe este cuento, no se me ocurre qué fue lo que pasó, por qué volvió tan asustado. No lo sé y temo que tardaría demasiado en descubrirlo. En cambio, hay varias posibilidades sobre cómo salió:

1) A pesar de estar tan escondido oía los ruidos de la lluvia, el canto de los pájaros y el ladrido de su perro y se preguntó: ¿quién les dará agua?, ¿quién les dará de comer y quién cuidará las plantas? Volver a ver todo eso fue más fuerte y salió.

2) Pensé que la casa se podía incendiar obligándolo a salir corriendo para salvarse. Pero eso no me gustó porque lo haría vivir con más miedo, y porque era una hermosa casa.

3) Alguien, que conocía sus aventuras, conseguía entrar a pedirle ayuda, no una gran ayuda, porque nunca se hubiera atrevido, una pequeña ayuda que él podía dar.

4) Un escritor se entera de su historia y quiere escribir un libro. Él siente vergüenza de atenderlo metido en su bolsa y lo recibe todas las tardes, tomando un té en la sala. Así se acostumbra de nuevo a estar afuera.

5) La mujer que le lleva la comida no es una señora grande o vieja. Es una mujer joven y buena. A él le llama la atención que su voz sea tan suave y que jamás le haya pedido que salga de la bolsa, que jamás lo haya querido convencer. Nunca sintió ni un reproche ni una burla en la voz de esa mujer. Un día quiere verle la cara y asoma su cabeza; ella era tan tímida como él y pasa mucho tiempo hasta que se hablan más allá de los saludos. Pasa otro tiempo hasta que se hacen grandes amigos y él empieza a sentirse un poco incómodo de recibirla metido en una bolsa. Y pasa más tiempo y pasan otras cosas.

CORRESPONDENCIA

Querida sobrina:

        Espero que al recibir ésta te encuentres bien. Yo estoy ma-ra-vi-llo-sa. Siempre me acuerdo tanto de todos ustedes, y el otro día me dije: "¡Ay! Qué vergüenza, qué abandonada que la tengo a esta chica". Así que me decidí y me voy a pasar un mes con ustedes.

Tu tía.

Querida tía:

        ¡Qué alegría recibir su carta! Realmente no esperábamos que se acordara de nosotros; pero, ¡qué pena! Mi casa es muy chica y no podría ofrecerle las comodidades que quisiera. No sabe cuánto lo lamento, pero seguro que no va a faltar oportunidad. Un beso grande de su sobrina que tanto la quiere.

Su sobrina.

Querida sobrina:

¡Mi amor! Criatura, ¿por qué te ponés en esas molestias? Me escribís como si te fuera a visitar un presidente. No te preocupes por mí, yo en cualquier lugarcito me arreglo. Me pueden dar la cama matrimonial y ustedes se acomodan por ahí, que son jóvenes, no como una. Estuve pensando que me puedo quedar más de un mes.

Tu tía.

Querida tía:

¡Qué suerte que se puede quedar más de un mes! Cuando se lo conté a mi marido se puso loco de contento; pero enseguida nos amargamos porque nos dimos cuenta de que en la fecha en que usted puede venir nosotros no estamos. ¡No sabe cuánto lo sentimos! Pero seguro que no va a faltar oportunidad para que venga a pasar dos o tres días.

Su sobrina.

Querida sobrina:

¡Qué cabecitas de novios que tienen ustedes dos! Si todavía no te había dicho la fecha, mi amor. No se hagan tanto problema. Yo voy a llegar el 12 de mayo y ya saqué regreso para el 10 de julio. Tuve mucha suerte porque casi no consigo.

Tu tía.

Querida tía:

La verdad, qué suerte que tuvo de conseguir los pasajes. Pero mire, con Carlos estábamos comentado lo que son las cosas ¡Ni que hubiéramos sabido! Ésa es la fecha justa que le decía que no íbamos a estar. Yo me puse muy mal, pero Carlos me dice que no me preocupe que seguro no va a faltar oportunidad para que venga un día.

Su sobrina que tanto la adora.

Querida sobrina:

¡Ay, mi amor, pero no importa! Si total yo puedo correr las fechas, total con estos pasajes no hay problema; además con las ganas que tengo de conocer a tus últimos tres nenes que todavía no los conozco. Son unos vagos, ustedes, la última vez que me invitaron fue para cuando nació Fabiancito, ¿te acordás? Mandáme a decir las fechas nomás.

Tu tía.

Querida tía:

Sí, me acuerdo que usted estuvo para cuando nació Fabián, porque cuando vino a visitarnos yo todavía no estaba embarazada. En cuanto a su viaje, parece cosa del destino, a Carlos en el trabajo lo trasladan a un lugar lejísimo que todavía no sabemos. Nos van a decir cuál es recién cuando lleguemos. ¡Es una pena! Pero igual no se preocupe porque ni bien nos instalemos le escribo mandándole nuestra nueva dirección así se pasa a tomar un rico té alguna tarde. Seguro que no va a faltar la oportunidad.

Su sobrina.

*C*ierta vez hubo un grupo de cocodrilos que decidieron formar un coro (quiero decir, ellos eran pésimos cantantes, pésimos, pero igual decidieron crear un coro y participar en festivales prestigiosos). La actividad principal de ese coro era la natación. El Director era el músico más malo que se podría haber encontrado; no distinguía el ruido de un vidrio roto del sonido del viento en las ramas. Era completamente sordo, pero era un excelente nadador y por eso lo escogieron. Decidió que lo mejor para la voz era entrenarse en natación. Cuando sintieron que estaban en excelentes condiciones de preparación se anotaron en un Festival Internacional de Coros (los organizadores quedaron desconcertados cuando recibieron esa carta en la que les preguntaban si los conciertos iban a ser en pileta o en río abierto y que si las toallas las ponían ellos o cada uno llevaba la suya).

Fueron al festival y llegó el día de su debut. Ustedes ya saben que cuando sale un coro al escenario lo hace caminando en una hilera muy ordenada, se forman en filas las distintas voces y una vez que están todos perfectamente ubicados aparece el Director caminando lentamente y disfrutando del aplauso. En su caso fue un poco distinto. Salió el presentador, vestido de traje, muy elegante y con gran ceremonia dijo: *A continuación tenemos el gusto de anunciar a la Agrupación Coral ...* (miró el papelito) *"Vencedores del Nilo".* La gente aplaudió y se produjo un largo silencio. El público esperaba que apareciera alguien, pero sólo se veía el escenario iluminado y vacío. De pronto, un cocodrilo lo cruzó de una punta a la otra, era el director, claro. Desapareció. Al rato pasaron dos cocodrilos conversando, también desaparecieron por la otra punta del escenario. Se hizo otro silencio. La audiencia comenzó a impacientarse. Apareció otro cocodrilo, caminó un poco, miró al público y les gritó a los demás: *¡Ey! ¡Muchachos! ¡Es acá!* Desde los dos lados del escenario entraron varios cocodrilos con sus lentes para ver debajo del agua, cañas de pescar, toallas (todos traían su toalla). Se pararon en mitad del escenario, saludaron al público agitando sus manos, le sacaron algunas fotos (quiero decir, aquello era un caos, parecían unos turistas). Volvió a salir el director, empezaron a cantar y lo hacían tan mal que era demasiado, alguien puede ser desafinado y cantar mal, pero lo de ellos era algo increíble.

El caso es que entre el público estaba el compositor de lo que estaban cantando y empezó a sentir una gran tristeza por su propia música y comenzó a llorar porque esos cocodrilos estaban arruinando lo que había compuesto con tanta pasión. Una señora se compadeció del compositor y lloró con él, y el hijo de esa señora también lloró, y la fila de gente que estaba sentada atrás se emocionó por la escena y también lloraron (ustedes saben que a la gente le encanta emocionarse por esta clase de cosas y dicen: *¡Ay! ¡¿Por qué pa-sarán estas cosas?!* y se sienten más buenos). Todo el público decidió compartir la tristeza y llorar. El coro seguía cantando y el compositor lloraba más y el público se ponía peor y aquello era un mar de lágrimas (quiero decir, un verdadero mar, con olas y todo). Ese mar de lágrimas llegó hasta el escenario que se des-prendió del resto del anfiteatro y empezó a flotar. Pa-recía una isla de cocodrilos. Súbitamente, el composi-tor se trepó al telón y desde allí comenzó a cantar su canción para que el público oyera cómo era en reali-dad. Los cocodrilos estaban con los ojos y la boca abiertos, fascinados, flotando en tanta agua. Ellos ver-daderamente creían que todos los festivales de coros eran así y se les hacía la maravilla más grande del mundo. La canción del compositor era tan hermosa que la gente inmediatamente dejó de llorar de triste-za y pasó a llorar de alegría y el agua subió más y ahí los cocodrilos ya no se aguantaron y se zambulleron felices, completamente olvidados del festival, de las competencias de natación, del público. Jugaban como locos, se salpicaban y salían a secarse con una toalla y luego se la ponían de sombrero o de calzones y se reían y hacían que se enredaban en ella y que se caían al agua (y, como se podrán imaginar, tomaban fotos de todo eso).

De repente hubo un gran aplauso. El compo-sitor, que estaba colgado del telón como un mono, creyó que era porque su música había gustado mu-cho, bajó a saludar y empezó a abrazar cocodrilos por-que los había perdonado. Lo que nunca supieron, ni el compositor ni los cocodrilos, es que ese aplauso, ese gran aplauso del público, había sido para mi hermano Pino, que había salvado de morir ahogado a un niño (él es una gran persona y es capaz de hacer esas cosas sin que le importe que nadie se entere).

No faltó quien al ver esas gracias de los cocodrilos pensó que se trataba de un festival de comedia y subió al escenario a contar chistes. Los organizadores, abrumados por tanto caos y queriendo salvar su imagen, reunieron a la prensa y empezaron a decir que este festival de chistes era todo un éxito y cosas así. Lo que ocurrió es que los críticos de música salieron por todos lados a preguntar por el festival de coros y no encontraban nada por ninguna parte. Para no quedarse sin trabajo regresaron ahí y se convirtieron en críticos de teatro (en los diarios salieron artículos que decían cosas como: *Los participantes cantaban muy bien pero eran pésimos actores; se destacó la compañía de cocodrilos*).

Esta historia termina con los cocodrilos regresando a sus hogares. Les dijeron a los demás cómo había estado lo del festival con tal entusiasmo que en los festivales siguientes por cada coro normal había ocho coros de cocodrilos con sus escafandras y sus toallas. El teatro se llenaba de críticos de teatro que gritaban: *¡Que empiecen los chistes!* y mitad de la sala les silbaba porque ellos habían ido a un festival de coros. Invariablemente los organizadores se echaban la culpa unos a otros, la prensa se escandalizaba y todo era un éxito año tras año.

Nunca me voy a olvidar de aquella vez en que me encontraba en un hermoso pueblo del interior. Había llegado después de cabalgar durante ocho días. Nos encontrábamos un poco cansados, Julián, mi caballo y yo. Recuerdo que le dije:

—Oye, Julián, ¿no te parece que sería bueno detenernos un poco?

—...

—¿Qué te parece este hermoso pueblo del interior?

—...

Cuando íbamos hacia el hotel, al pasar frente al bar, un hombre salió volando hacía mí. No tuve tiempo de reaccionar, me tumbó del caballo. Me levanté de un salto y, tomándolo del cuello, le tiré una trompada. Él volteó su cabeza hacia un lado y mi puño siguió de largo. Los dos rodamos por el piso, volví a tomarlo con mis manos y al ver que no reaccionaba pensé:

—¡Santo cielo, está muerto!

¿Qué podía hacer con ese cadáver? Yo no lo había matado, era evidente; pero, ¿quién me iba a creer?

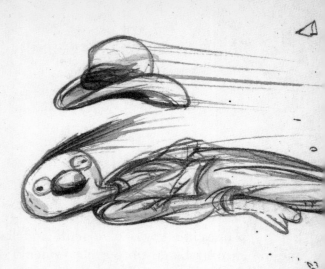

¿A quién iba a convencer de que ni siquiera había alcanzado a darle una piña? Además él me atacó primero. Ya me veía yendo al juicio:

(Yo)—Mire, señor Juez, él me atacó, yo sólo llegaba al pueblo con Julián...

(Juez)—¿Quién es Julián?

—Mi caballo, Su Señoría.

—¿Un caballo con nombre de persona? ¡Usted es un hombre muy extraño!

—No, Señor Juez, lo que ocurre es que es como si hablara...

—¡¡Un caballo que habla!?

—¡Oh, no! ¿Para qué habré dicho eso?

—¡¿Me toma por un imbécil o qué?!

—Sí, Su Señoría...

—¡Con que me toma por un imbécil!

—No, Su Imbécil, digo sí, ¡quiero decir que sí, que es como si hablara!

Cuando estaba pensando todo esto y ya me veía irremediablemente preso para toda la vida, oí que alguien me hablaba:

—¡Eh, usted! ¡Devuélvanos el muñeco!

—... ¡¡¡¿¿¿El muñeco???!!!

Sí. Mi susto no me había dejado ver que sólo se trataba de un muñeco. Adentro del bar estaban filmando una película del Oeste. Les devolví su maldito

muñeco y nos fuimos hacia el hotel. Yo venía persiguiendo a mi archisuperenemigo, el malvado y pérfi-
do Roque Rufián. Bajé de Julián y entré al hotel. ¡Tre-
mendo chasco! ¡No existía el tal hotel! ¡Solamente la
pared del frente! Otra vez la maldita película. Salí del
hotel (bah, de la pared).

—Oye, Julián, ¡este pueblo es una farsa!

Dije, pero Julián no estaba, tan sólo las riendas
atadas al palo y una nota:

*Si quieres Bolver a Ver al cabayo deja tu arma en
el pizo y Be asia el Var. Roque Rufián.*

Sí, tenía tremendos errores de ortografía. El
muy maldito había raptado a mi querido Julián, yo
estaba que volaba de la furia. Como no llevaba armas
conmigo, directamente me fui hacia el bar. Cuando
llegué ya no estaba, lo acababan de desarmar.

—¿¡Qué pasa aquí!? (pregunté).

—Ya terminamos de filmar, nos vamos, estamos cargando todo en los camiones.

Eso era terrible. Roque me había dicho que fuera
al bar, pero el maldito bar ya no existía. ¿Qué hacer? Levanté la vista y me rasqué la cabeza para pensar un poco.
En los camiones estaban cargando maderas, cajones, lu-
ces, cámaras, partes de la escenografía. Era un gran movimiento de gente por todas partes. Pasaban actores dis-
frazados de indios, de vaqueros, muchos caballos, carre-
tas antiguas, dos sheriffs, un astronauta, tres car... ¿Un astronauta? ¿Qué hace ese maldito astronauta en una película de vaqueros? Una idea como un relámpago se me
cruzó por la cabeza, "¡El tal astronauta es Roque Rufián!"
Me lancé tras él. El ambiente que hay al terminar una filmación, ustedes lo saben mejor que yo, es tan especial

que nadie se asombra de ver a un tipo persiguiendo a un astronauta. Debían pensar que estábamos festejando o algo así. La cosa es que se subió a un enorme tubo de dentífrico; en realidad era un auto al que habían camuflado para hacer la propaganda de una pasta dental. Roque no conseguía poner el motor en marcha. Eso le hizo perder un tiempo valioso, yo lo estaba alcanzando, se daba vuelta nerviosamente y me miraba a través de la escafandra. Salté encima del tubo de dentífrico justamente cuando arrancó y aceleró bruscamente. Quedé medio colgado, arrastrándome; él aceleraba con todo y se daba vuelta para ver si yo todavía seguía allí. No aguanté más y me solté, corrí peligro de haberme golpeado con alguna roca. Tuve la suerte de rodar hasta otra cosa preparada, también, para una propaganda. Un gran zapallito. Verde, perfecto, idéntico a un zapallito de verdad, sólo que era una moto muy veloz. Creo que lo usaban para hacer la publicidad de unas sopas. Me subí de un salto, temía que se demorara en arrancar, pero no, lo hizo inmediatamente. En ese momento pasó uno de los actores por ahí y, creyendo que yo también estaba festejando el final de la filmación, me dijo:

—¡Eh, veníte a brindar con nosotros!

Y me puso una peluca de indio de las que se habían usado en la película. Ni le contesté. Puse primera y aceleré a fondo, lo llené de tierra al pobre tipo. Era una moto estupenda, quise sacarle todo el revestimiento que le habían colocado pero debido a la gran velocidad (estaba yendo a más de doscientos km por hora) cada movimiento se tornaba peligroso, así que ni siquiera intenté quitarme la peluca (ahora que lo pienso, la situación para quien no supiera lo que estaba pasando era bastante cómica: un enorme tubo de dentífrico conducido por un astronauta era perseguido por un zapallito veloz conducido por un indio).

El tubo era más estable que mi moto, pero mucho más lento en las curvas. Mi zapallito tenía la forma ideal; no tardé en ponerme a la par. Le grité que se detuviera ahí mismo, pero el muy maldito se rió burlonamente y empezó a tirar el tubo encima de mi zapallito. Estábamos yendo a más de trescientos por hora, el menor descuido te despedaza en el aire. Una y otra vez me dio topetazos que hicieron peligrar mi estabilidad. Pero tanto se confió en que me iba a hacer caer, que inclinó demasiado el tubo y la punta de

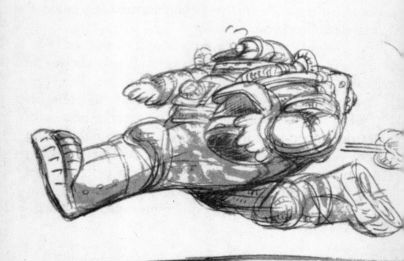

adelante tocó el suelo, se clavó, dio tres trompos en el aire y cayó dado vuelta, explotando e incendiándose. Él se salvó porque al tumbar salió despedido y el traje de astronauta amortiguó su caída. Clavé los frenos de mi zapallito y me arrojé encima; antes de que reaccionara le quité la escafandra y lo tomé por el cuello:

—¡¿Qué hiciste con Julián?!

—... lo escondí en uno de los camiones de la Cinematográfica (estaba tan atontado por el golpe que ni siquiera atinó a defenderse).

De un salto me subí al zapallito, que había quedado con el motor encendido, girando sobre sí mismo, y fui tras los camiones, que ya habían partido.

Los alcancé rápidamente. Se detuvieron. Revisamos uno por uno. Escondido detrás de una pared de escenografía, encontramos al pobre Julián. Lo liberamos. Le di un abrazo enorme, les agradecí a los del camión, monté en Julián y galopamos hasta donde había dejado a Roque; pero ya no estaba, en el apuro por hallar a mi caballo ni se me ocurrió maniatarlo. Había dejado un mensaje: *Nos volveremos a ber*. Hice un bollito con el papel y lo arrojé al fuego.

—Seguro, y esta vez te atraparé, ¿no es verdad, Julián?

—...

Miré hacia donde había estado el pueblo y no quedaba más que una construcción; lo demás era puro campo. Nos acercamos. Era una especie de bar y hotel. Unas pocas mesas con algunos clientes. Ordené un fardo de pasto y un balde de agua para mi caballo; pedí una habitación y me senté a comer. La muchacha que atendía el lugar era sencillamente hermosa y simpática. Busqué alguna excusa para acercarme a conversar, me pasé la mano por la cabeza, para arreglarme un poco el pelo, y ahí me di cuenta de que todavía tenía puesta la peluca de indio. Me puse colorado de vergüenza y me la quité de un tirón. Ella lo encontró muy gracioso y se puso a reír; entonces yo también.

—¿Cómo te llamás? (pregunté).

—Juliana, ¿y vos? (hermosa voz, sí señores).

—Yo, Luis; y mi caballo... (lo pensé bien) y mi caballo todavía no tiene nombre.

ÍNDICE

Esta segunda edición de 4.000
ejemplares se terminó de imprimir
en el mes de febrero de 2005 en Color
Efe, Paso 192, Avellaneda, Provincia de
Buenos Aires, República Argentina.